おばばと一郎 2

鈴木和明

文芸社

おばばと一郎

2

まえがき

私たちの誰もが故郷《ふるさと》を持っています。

ふるさとは田舎《いなか》と同一視されることが多いのですが、私にとってのふるさととは、私が生まれ、育ち、学んだところです。いなかでもあり、都会でもあります。

そこには私を生み、はぐくんでくれた祖父母、父母、そして幾多の人たちが暮らしています。ですから、ふるさととは人と人との睦み合いであり、また、その人たちの住む町や村、川や海、そして、いのちを生み育てる豊饒な自然の大地のことだと思います。

私にとってのふるさとが幼年時代から中学校を卒業して社会に巣立つころまでのものとするならば、そのころの人との睦み合いと豊かな自然の大地は永遠に帰らぬ過去のものとなってしまいました。

でも、時代が移り、環境が変わっても、祖父母と孫、父母と子の家族の絆《きずな》は変わることはありません。

さあ、この本をひもといた読者の皆さんとともにもう一度、私たちの心の奥深くに沈殿しているふるさとの、あまく、懐かしい思い出を子供たち、孫たちに語ってみようではありませんか。

なお、この小説の中で語られているエピソードは事実に基づいたものです。

それに、私が見たり聞いたりしたことや推測したりしたものを加えました。

平成一二年（二〇〇〇年）三月

おばばと一郎　2●もくじ

第一話 じいちゃん

なれーの風（北風）がひゅうぅっと吹いていた。ときおり、ごおぉっという音を立てて軒下に吊るしてあるザルが飛ばされていった。境川[注①]にはべか船[注②]がぎっしりとつながれていて、てぬぐいやザルが水に浮かんでいた。

一郎はえりまきをぎゅっと縛り直した。少し短いズボンからモモヒキが見えて、足袋を履いたくるぶしあたりまで伸びていた。歩くたびに下駄の下でじゃりじゃりと貝殻が音を立てた。右手を左の袖へ、左手を右の袖へ突っこんで鼻水を垂らしながら一郎は歩いた。

「とうちゃんのじゃ、いか（大きい）かんべえ。」

夜なべのはり仕事をしているかあちゃんにおばばがゆった。

孫の一郎はもう眠っていた。

「おじいさんのやつ、直そうかねえ。」

はり先を髪の毛にもっていきながらかあちゃんが答えた。

おばばは押し入れの行李《こうり》からハンテンを出した。それから懐かしいじいちゃんの匂いがするような気がして、おばばはそれを顔へ押しつけた。


ハんテンの袖口へ手を突っこんだ一郎は、背中を風に押されながらかあちゃんの後ろを歩いていた。

「あれええ、マサちゃんよお、きたのけえ、さむかんべえ、へえんなよ。」

強い浦安訛《なま》りでおばさんが引き戸の奥から声をかけた。

中は貝の匂いが満ちていた。

作業場の土間は石畳になっていて濡れていた。日当たりのよい窓際に敷いたスノコの上に女の人がたくさん座っていて貝をむいていた。

「朝っからしけちゃってよお、とうちゃん、はま（浜）出らんねでよ……」

おばさんは器用に包丁をあやつってアサリをむいて木箱へ落とした。

「とうちゃんは浪花節だからいねえよ。」

いっぱいになった木箱を脇へどけながら一郎を見ながらまたおばさんがゆった。

一郎はおかっぱの女の子を見ていた。バカ貝をむいていた。

「演芸館け。」

かあちゃんがゆった。

「だあーれん（いいえという意味）、西の家《うち》、いっただなっせ（いったんですよの意味）。」

立ち上がって姉《あね》さんかぶりの手ぬぐいで、モンペをばたばたとはたきながら、おばさんが一郎の頭をなでてゆった。

「あれえ、一《いち》なあこ（お兄さんの意味）、いっかくなったなっせ。」

おばさんは「なあこ」のところに力を入れて一郎をひやかした。

女の子が笑った。言葉の意味がわからなかったが、一郎はなんとなく恥ずかしかった。

「うちのおじいさんの法事やんから、はっちゃんもきてくんせえな。」

かあちゃんはおばさんとお茶を飲みながらしゃべっていた。

風がガタガタと窓ガラスを揺らしていた。


おばばは朝から忙しかった。

霜柱が下駄がめりこむくらいたっていた。野菜を取った。足らない分は市場へかあちゃんが買いにいった。

一郎が起きたころには家の中にいろんないい匂いが立ちこめていた。

学童服を着た。新しい足袋を履いた。ごわごわで固かった。畳の上で滑りがよかった。つつっーっと滑ってみた。ほとけさまのロウソクの炎と、あったかいご飯をよそった茶碗から出る湯気が、一郎が滑るたびにゆらめいた。


浦安のおばさんもきて何人かの親戚でひっそりとおじいさんを偲《しの》んだ。

「一郎は学校あがったんだろう。」

東京からきたおじさんがゆった。

「こんど、二年になんだ。」

一郎がゆった。

「じいちゃん似かね、とうちゃん似かね。」

違うおじさんがゆった。

「おれに似てんだ。」

おばばが口をはさんだ。


ねんぶつばあさんたちがきた。

五人が丸く座ってナムアムダンブツ、ナムアムダンブツと唱えながら長い数珠《じゅず》を五人で握りながらぐるぐると回した。白髪で白く、背中は丸かった。

そのあと、ねんぶつばあさんはお茶を飲みながら死んだじいちゃんのことを話していた。

「おめえらんおじいさんはよ、浦安の出《で》だんべえ。」

一人がゆった。

〝じいちゃんは、初め、佃煮とアサリかついできたんだ、佃煮やの丁稚《でっち》だったのがうりっと（行商人）になったんだ〟

とおばばは思い出していた。

〝だんだん魚も持ってきてたっけ。おれん買いいくとハンダイ（行商用の木箱）の下から、ほれっ、てよこすんだ。アサリのむき身だっていいとこばっかしでよ、笑ってたっけ。

大嵐[注③]んきて、いっぺえ水きておおさわぎしたっけ。そんあと、何日もきねえから浦安行ったんだ、じいちゃん、小学校で炊き出し待っててよ、家《うち》流れちゃって、銭も道具も着るもんもみんな流れちゃったって、しょんぼりしてたんだ。流れてきたベカに、一晩中つかまってたんだってゆってたっけ。

おれん持ってったおにぎり食って、ボロボロ泣いたんだ。そんときじいちゃんに、おれんうちぃきちゃえば、ってゆったんだ。

じいちゃんがお婿さんにきてくれていかったなあ、うちぃ、どんどん盛《さか》ったけなあ、だけんど一郎生まれてからじき死んじまったんだ、あんときの手しゃっこかったっけんなあ〟

みんなが帰って静けさが戻った。おばばもかあちゃんも畳に座りこんでじっと黙っていた。

暗くなりかけた空からちらちらと白いものが落ちてきた。

夜中に目がさめたおばばはしゅっしゅっという風の音でしばらく眠れなかった。

外は空から白いカーテンがおりてくるような大雪になっていた。
一郎がううんとゆって寝返りを打った。
おばばはふとんを引き寄せて肩までかけてやった。
じいちゃんがにぎりめしを食って泣いたときの顔を思い出した。そして一郎のほっぺたにそっと手をあててふうっとため息をついた。

どさっと雪が落っこちた。

（第一話　おわり）

平成12年（2000年）1月27日作

【注】

① 境川は千葉県浦安市の堀江と猫実《ねこざね》の間を流れる川で明治から昭和にかけての浦安漁業の中心地であった。一時は船橋、木更津、羽田、横浜方面から荷が集中するほどの盛況ぶりであった。

② べか船は海苔取り専用の船で浦安漁業のシンボルでもあった。貝採取（貝まきと呼んだ）にも使われたので大きさの異なる何種類かのべか船があった。

③ 大正六年（一九一七年）九月三十日夜から十月一日未明にかけての台風接近による大暴風雨によって大規模な高潮が発生し、浦安町、南行徳町、行徳町は甚大な被害を被った。浦安では小学校校舎が一部倒壊したし、行徳では江戸時代から続いた塩田が壊滅し以後復興することがなかった。

《参考文献》浦安町誌、災害と闘ってきたまち、行徳物語など。

第二話
たこ

火鉢に乗っかったヤカンが、しゅうしゅうと湯気を立てていた。湯気はときどき右や左にゆらめいては、先のほうが消えていった。

外は雪だった。初めはヒューという風に吹かれて横になって飛んでいた雪が、今では真上から落ちていた。それは受け止めた手のひらに、かぶさるような大きさだった。見上げると空中《そらじゅう》が白くて、その白い空がそのまま降りてきているようだった。

夕方だというのに家々はじっと息をひそめて凍えていた。

電線に積もった雪が音もなく崩れて、それは木の枝に積もった雪の上にどさっと落っこちた。庭木は思いきり枝をしならせていたが、とうとう重みに耐え兼ねて、ざざざざぁっと雪を振り払うのだった。


その日、おばばは朝から庭の畑にいた。

「一《いち》ぃぃ、ちょっとこっちこぅ。」

おばばは大きな声を出した。

足袋《たび》を履いて下駄をつっかけた一郎が出てきた。

「雪ぃふんから、取っとくべぇよ。」

カチカチに凍った通り道に立っておばばは待っていた。

「ふんのけ。」

物置からザルをかかえて一郎が出てきた。

二人してしゃがんだ。ほうれんそうを引っこ抜いた。こまつなも取った。ごぼうとねぎはこの間収穫して市場へ出した残りを、一郎が穴を掘ってそこに埋《い》けてあった。上にかぶせてあるむしろをどけて、おばばは何本かを取り出した。

「一、でえこん（大根）も取っとけや。」

言いながらおばばは左手を腰にあてて、右手をぶらぶらさせながらひょこひょこと歩いていった。

表の流しで、水道をひねった。一郎は根っこについた泥を洗い流して、凍えて赤くなった手でザルをかかえて家へ入った。

「あたった、あたった、おばば、あたったよ。」

ランドセルの上が濡れていて、帽子のてっぺんに雪がついていた。一郎は、ハアハアと白い息をはきながらズックのくつをぬいだ。

一郎は学校[注①]で〝今日、雪ふんど〟とゆったのだった。

朝から窓の外を横目でチラチラと見ながら〝はやくふってこ〟とそのことばかり思っていた。

「はい、一郎君。」

先生が指した。

「……」

雪のことばっかり考えていた一郎は、答えられなかった。

「外《そと》に何かいいことあるのですか。」

先生が聞いた。

「はい、うちのおばあちゃんが雪ふるって言いました。」

一郎の答えに、教室中がわあぁっと言って笑った。

先生はざわめきが静まるまでじっと待っていた。そして一郎にゆった。

「おばあちゃんは雪がふるってなんでわかったのですか。」

「……」

「それでは、雪がふるってわかっておばあちゃんは何をしましたか。」

先生は一郎の顔をやさしく見ながらほほ笑んでゆった。

そのとき一郎は〝かあちゃんみたいだな〟と思った。

「はい、畑で野菜を取りました。」

「どんな野菜を取ったのですか。」

一郎はおばばと一緒に取った野菜を、指折りしながら言い並べた。

「そのとき一郎君は、何をしていたのですか。」

先生は一番大切なところを聞きたいと思っていた。

「はい、おばあちゃんといっしょに取ってから、水道で泥を洗いました。」

先生はとってもうれしそうな顔をしてほほ笑んでから黒板の前に戻った。

「一郎君は今日とってもいいことをしました。みんなもお家《うち》の人のお手伝いをしているいると思いますが、とくにおじいちゃんやおばあちゃんのお手伝いはしてあげてくださいね。」

子供たちはみんなで〝はーい〟と大きな声で答えた。

「それでは今日は一つだけ宿題を出します。」

先生は黒板に大きな字を書いた。一郎もみんなも一生懸命に写した。

「おばばあ、雪ふんて、なんでわかっただんべ。」

ちゃぶ台にノートをひろげて一郎が聞いた。

「手、いてえからわかんだ。」

こたつへ足をつっこんで、座布団を二つに折って枕にして横になっていたおばばが答えた。

「手いてえとなんで雪ふんだべ。」

えんぴつの芯をなめながら一郎が聞いた。

「わかんね、あったけえとき、雨で、さみいときは、雪だ。」

…………

…………


一郎は社会の本を声を出して読んだ。日課だった。

学校で習ったところを、算数も国語も全部読むのだった。それがすむと明日の

科目の本を読み始めた。わからないところがあるとかあちゃんに聞いた。かあちゃんもわからないときは

〝しるしつけといて、そこんとこはせんせ（先生）の話、よく聞くんだよ〟

とゆった。

庭の畑に、菜の花が黄色い花をつけていっぱいに咲いていた。

五月、一郎はかあちゃんと一緒に初めて田植えをした。おばばはあぜ道に腰を下ろしてながめていた。

〝おてんとさま、おてんとさま、今年は一郎が田植えやってんだ、ようく見ていてやってくんせえ、一郎んことまもってやってくんせえ〟

夏休みになった。夜、一郎ははり目通しをやりながらちゃぶ台の前にいた。

一郎は日に焼けて目がぎょろぎょろしていた。たくましい少年になっていた。

おばばは浴衣《ゆかた》の胸をはだけてうちわでばたばたとあおいでは、暑い暑いとゆっていた。

一郎は、一学期の分を始めから全部声を出して読んでいた。

虫が鳴いていた。

一郎の声は、暗い庭のほうへ吸い込まれるように流れていった。

おばばにはそれがお経のように聞こえていた。実際、一郎の読んでいる文章は、おばばには理解しがたい部分もあったのだった。だから一生懸命に聞いてはいるのだったが、ありがたいお経をお坊さんがあげてくれているような気がしているのだった。

〝おじいさんえぇ、一郎の声、聞こえんべえ、いっかくなっただど〟

おばばには一郎が頼もしくもあり、さみしくもあった。

一郎の教科書は手垢《てあか》で黒くなっていた。

おばばは一郎の通知表を、ほとけさまにあげてチンをした。そして〝おじいさん、一郎がせんと（先頭）だとよ〟

と言った。

お正月、かあちゃんは市場に出した野菜のしきり（代金）で〝お年玉だよ〟ってそろばんを買った。

庭の畑で一郎が凧《たこ》をあげていた。

北風にのって凧は、青い青い空高くゆうゆうと舞いあがっていった。

（第二話　おわり）

平成12年（２０００年）１月29日作

【注】

① 千葉県東葛飾郡南行徳町立南行徳小学校、現千葉県市川市立南行徳小学校。

第三話

とんび

おばばは土手に腰かけていた。大川[注①]（江戸川）の水はゆったりと流れて海のほうへ落ちていった。川面を渡っていく風が、ときどき風波をあちらこちらにつくっていた。

竹の棒のつえをついて、それを両手でかかえこみながら、おばばは死んだおじいさんのことを思っていた。

青い青い空に、白い雲がポツンとひとつ浮かんでいて、トンビが一羽、その高い空を舞っていた。

〝あんときは俵持ってじいちゃんときたっけ、あれはかあちゃんが生まれる前だった。

あらしのあとだった、大川、水いっぺえきててよ、俵ん中へ土つめて若い衆とかついでいったんだ。みんなでわあわあ言って土俵積んだっけなあ。あんとき土手のっこして（のりこして）水きたらたんぼだめだったっけ。

おれん（じぶんが）こしかけてん下にあんときの俵あんかもしんねえなあ。〟

おばばはうとうとと居眠りをし

ていた。ねじりはちまきをしたじいちゃんが、おばばのほうをふり向いた。そして孫の一郎とおんなじ顔をしてほほ笑んだ。

「おばばあ、水ひいたよ、きせえよ、きせえよ。」

一郎が、土手下の河原でおばばを見上げて呼んでいた。

干潟が広がっていて、穴からカニが顔を出していた。ペチャペチャとはだしで泥の上を一郎は歩いた。ところどころで、くるぶしのあたりまで足がめりこんだ。

一郎が小さい細い穴がたくさんあるところを掘った。両手を泥の中へ突っこんで泥を持ち上げた。赤いゴカイが泥から半分からだを突き出していて、短くなったり長くなったりして動いていた。一郎は泥ごとバケツへほうりこんだ。

おばばは、岸際の少しかたい砂の上に崩れてころがっている土手の石に腰かけていた。

「おばば、つんど（つりをするよ）。」

半袖シャツを脱いで半ズボンひとつになって一郎はゆった。

「へそから先、いっちゃあなんねえど。」

おばばがゆった。

竹の棒のつりざおを水の中に突き刺してから、一郎が戻ってきた。

「おばばあ、つれんけ（つれるのか）。」

「つれんべえ、とうちゃんもつったど。」

泥のついた一郎の顔を見ながらおばばがゆった。一郎の肩が日に焼けて、てかてかに光っていた。

「一《いち》、宿題、やっちまえよ。」

おばばがゆった。

それから土手の中ほどまではいあがって柔らかい草の上に横になって居眠りを

始めた。

バッタが飛んできておばばのモンペ（女性の野良着、ズボン）にとまった。

おばばの家へおむこさんにきてくれた一郎のとうちゃんのうなぎつりはおもしろかった。畑に使う竹の棒にタコ糸を結んでその先に機械に使う鉄のネジを結んだ。糸に結んだ針をその先へ結んでゴカイをつけて川の中へ突き刺しておくだけだった。そのあとは昼寝をして待っていた。しばらくしてさおをあげると、どのさおにもうなぎがついていた。

「あのつりはよ、とうちゃんがはやらしただど。」

おばばは死んだとうちゃんのことを一郎に話しながら、いつか教えてやんど、というのだった。


〝とうちゃんもじいちゃんもなんではやく死んじまったんだよう、なんにもわりいことしてねえのによ〟

〝おれもはやくいきてえけんど一郎がかわいそうだ、もうちっと待っててくんせえよ、なあ。〟

〝あととりのめんどうはおれがみんだ〟

おばばは一人でそう決めていた。

〝だけんどおじいさんよお、たすけてくんせえよ、おばば一人じゃあ心細くってよお。〟


とうちゃんが死ぬときに涙して、とうちゃんの心からあふれたものがおばばの心を満たして、そのおばばの心に満ちたものが、おばばのその心をやさしくくるんでいた。

おばばは眠りながら涙した。


一郎は手をクレヨンで青や緑にしながら写生していた。黄色い太陽と青い空、黄金色の稲と川の水、そしてゆうゆうと空を舞うトンビが描かれていた。

かあちゃんが学校へ行った。廊下に一郎の絵が貼ってあった。

「一郎のは、二重丸ついてたよ。」

帰るなりかあちゃんがにこにこしておばばにゆった。

おばばは、ほとけさまへいって線香をあげてチンをした。〝おれの出刃《でば》（包丁）でさばいたかば焼きうまかったんべ〟、おばばはじいちゃんがそういって笑ったような気がした。


（第三話　おわり）

平成12年（2000年）2月1日作

【注】

① 江戸川は東京と千葉県境を流れる一級河川。

第四話 あさり

「おぉーい、おぉーい。」

一郎は風に向かって叫んだ。声は戻ってこなかった。

「一《いち》、水、ひかねえなあ。」

土手にすわっておばばがゆった。遠くのほうで波がきらきらといっぱい輝いていた。

「おばばぁ、水、しょっぺえよ。」

土手[注①]の下でひざの下まで海水につかって一郎がおばばを見上げた。

二人してにぎりめしを食べた。日ざしがじりじりと熱かった。

「一、あの水、どっからきただんべな。」

水筒の水を飲みながら、おばばが聞いた。

「うんと、うんと、おばばの田ん中からだよ。」

「田ん中の水、どっからきたべな。」

「雨、ふんど（降るよ）。」

「雨、どっからくんべな。」

「うんと、うんと、海のほうから黒い雲くんと、ふんよ。」

「一はよく知ってんなあ。そんじゃあ、あのしょっぺえ水、どこいくだんべえなあ。」

一郎のほっぺたについためしつぶを、おばばは口に入れながら聞いた。

「あっちだよ。」

一郎の指の先は右と左に陸地が影絵のように見えていて、だんだんとまん中へせりだしてきて、ずっと先のほうはかすんで見えなかった。見えない先には黒潮が流れているのだった。

「アメリカのほうまでいくだど、世界中ぐるぐるまわってんだど、いつか、そんで、けえってくんだ。」

「そんじゃ、おばば、あの水、いつか、きたことあんのけぇ。」

「おばばあ、知んねえけんど、むかし、きたことあんかもしんねえなあ。なんだってかんだってみんなけえってくんだもんなあ。」


一郎は小さな熊手《くまで》で地面をひっかいた。コツンとあたって目の前に粒の大きい、波の模様のついた、きれいなアサリが何個も出てきた。

一郎は貝をつかんで、堤防に腰かけているおばばに向かって手を振った。

〝砂ん中にいても水んねえと息できねえから、ふんずけてぶよぶよしてんとこにゃあきっといんど〟

っておばばが一郎にゆったのだった。

一郎はあっちこっちふんづけてまわった。粒の大きい貝だけを拾った。

一郎が歩いていけない少し離れた遠くのほうに、海草がこんもりと盛り上がった広い場所があった。三番瀬[注②]と呼ばれているそこにも大人たちの姿が見えていた。

草原はススキの穂で、銀色のまばゆい輝きが満ちていた。その輝きはざざぁ、ざざぁ、と波打つように揺れていた。銀色の輝きの上には青い青い空が広がって、その中に目のくらむようなまぶしい太陽が輝いていた。

その草原の中を、一筋の道が通っていてススキのトンネルになっていた。くぐっていくおばばと一郎の手やほほを、ススキの穂がなでた。ススキの手はひんやりとしてなめらかで、そしてやさしかった。

かあちゃんの手はのら仕事とはり仕事でごつごつだったけれど、一郎の体にふれるときのかあちゃんの手は、今日のススキの手のようになめらかでやさしかった。だからトンネルの中でまわりが少しも見えなくても、一郎はちっともこわくないのだった。

かあちゃんは、おぜんのまん中にぞうきんを広げた。そして、熱い熱いと言いながらナベを持ってきた。

しょうゆと砂糖で甘辛くしたツユが残り少なくジジュッと音を立てて、その中にでっかいアサリが口をあけて重なっていた。

一郎はアサリをふんづけて見つけた話をした。

「コツン、コツンって、いるんだよ。」

と一郎が言った。

かあちゃんは〝そうか、いかったね。〟と言ってほほえんだ。

蚊帳《かや》を吊って三人で川の字になって眠った。まん中に一郎がいた。

一郎が海岸で砂をふんづけて歩いているうちに、沖のほうから水が流れてきた。それは一郎がほじくった砂の山を、少しずつくずしておばばのいる岸のほうへ広がっていった。

おばばが一郎を呼んだ。

一郎が歩くよりも速く水の流れは進み、いつしか足のくるぶしのあたりまで潮が満ちてきた。

一郎がおばばの立っている堤防の下へたどり着いたとき、上げ潮は堤防に突き当たって右のほうへ勢いよく流れていった。

今夜のお月様は満月だった。

この日の夜、一郎は久しぶりにおねしょをした。

（第四話　おわり）

平成12年（2000年）2月2日作

【注】

① 県立行徳高校と終末処理場の間の水路のあたりが旧海岸線。

② 三番瀬は行徳沖にある東京湾奥に残された最後の干潟。

第五話

いのち

おばばの庭の梅の木が枝いっぱいに赤い花をつけるころ
　桃の木のつぼみも大きく膨らんでいのちの春を告げる
一夜の雨があがり、たんぼや畑に降った雨は小川から大川（江戸川）へ落ちていく
注①欠真間《かけまま》の圦《いり》から流れ出る水に向かって
　黒い魚体をひしめかせて大群が押し寄せる
眠りから覚めた鮒《ふな》の群れが次々と圦を通って

　一郎の学[注②]び舎《や》下の内匠《たくみ》の堀[注③]にぶちあたる
江戸のころ、先達たちが成し遂げた行徳水郷のいのち内匠堀《たくみぼり》は
　おばばの住む新[注④]井に至りおおぜきとよばれる

当[注⑤]代島の圦からのっこんだ群れとともに抱卵した黒い集団は
　おおぜきからホソ（細流）へつっかかる
おばばと一郎がにぎりめしを食べた足元のホソにも黒い鮒の姿が
　すいっすいっと静かにやってくる
抱卵した彼女たちはせっせと食餌《しょくじ》をし産卵に備える

時きたりて彼女たちはいっせいに高ぶりて水藻や葦《あし》の茎《くき》に擦り寄って
　黒い魚体をふるわせ新しいいのちを産み落とす
そのとき水藻はゆらめき葦の茎と葉はうちふるえ静かな水面には
　新たないのちの誕生を祝う波紋がそここに広がる

梅雨の季節になるころ、とっぷりと首まで水に浸かった稲の苗たちのその根元には
　ゲンゴロウやオタマジャクシとともに
　かわいい鮒っこたちがあそぶ
尺上（三〇センチ以上）の鮒たちは大川（江戸川）の縄張りからめったに出ることなく
　子孫を残すいとなみの永きもの二〇年におよぶ
鮒っこたちがおおぜきに遊ぶころ三番瀬[注⑥]で孵化《ふか》したハゼたちが
　海への落としを通っておおぜきにたどり着く
おばばと一郎が稲刈りをするころ六寸余（一八～一九センチ）になったハゼたちは
　落としから海へ、あるいは圦から大川（江戸川）へ出て海へ落ちる

晩秋のころ抱卵したハゼたちは海底の砂に穴を掘り卵を産む
　新しいいのちを産み落とした彼女たちは力つき死を迎える
一年魚のハゼたちはあわただしくきたりては去っていく

おばばは年ごとに白髪がふえ腰が曲がり、一郎は年ごとにたくましく成長した
そして四方八方見渡す限り黄金色に波打つ稲穂の輝きに
　豊饒《ほうじょう》な大地の恵みをうけとめる
じいちゃんもとうちゃんもいないおばばにとって
　いのちをうけつぐものは一郎だけだった
あととりのめんどうはおれがみんだ、おばばが心に誓ったその思いは
　つよくつよくおばばをつき動かしはしたが
　それはまたおばばの背中におもくおもくのしかかった
一郎はおばばのそんな思いも知らずすくすくと成長し
　一郎の通う小学校の脇を流れる内匠堀には今年もまた

鮒の群れがのっこんできて黒い帯となって泳いでいった
畑にだいこんの種をまいていたおばばのずっとずっと上の
青い青い空高くトンビが一羽舞っていた

（第五話　おわり）

平成12年（２０００年）2月4日作

【注】

① 旧千葉県東葛飾郡南行徳町欠真間、現千葉県市川市欠真間

② 旧南行徳町立南行徳小学校、現市川市立南行徳小学校

③ 内匠堀は狩野浄天と一五七三～一五九五年のころ現在の浦安市当代島に落武者として住み着いた田中内匠とが元和六年開削したもの。別名浄天堀ともいう。下は浦安の当代島から南行徳、行徳、八幡、大柏、鎌ケ谷の道の辺村の池まで続いていた。ために大正時代は行徳、南行

徳、浦安地方の江戸川デルタ地帯は東葛飾郡中でトップの米生産額と水田面積を誇り、二位は手賀村、三位は明村（松戸市）だった。行徳水郷と呼ばれた所以《ゆえん》である。

《参考文献》宮崎長蔵著『行徳物語』

④　旧千葉県東葛飾郡南行徳町新井、現千葉県市川市新井。

⑤　旧千葉県東葛飾郡浦安町当代島、現千葉県浦安市当代島。

⑥　三番瀬は行徳沖にある東京湾奥に残された最後の干潟。

第六話 がっちゃんこ

おばばは天を仰いでふうぅっと息をついた。腰の手ぬぐいで汗をふいた。姉《あね》さんかぶりの手ぬぐいでモンペの裾をばたばたとはたいてから、ひょこひょこと歩いてイチョウの木の下へ逃げていった。

小さな社《やしろ》注①に手を合わせてからゴザに座った。ここだけがうっそうと木が茂りうす暗かった。

おばばは

〝津浪《つなみ》んなんほどいらねえけんど水きてくれんといいな〟

と思った。梅雨どきだというのにたんぼが乾きそうだった。

潮が満ちてくると塩水をおそれて圦の水門を閉める。それでも今まではおおぜきには水がいっぱいにきて、たんぼの水の取り入れ口の土をとれば勢いよく流れこんできていたのだった。

おばばは毎日鍬《くわ》をかついではたんぼへきて水を引き入れていた。


「今日はよ、水きねかったよ（こなかった）。」

晩ごはんを食べながらおばばがゆった。

「あれぇ、圦あかなかったのかねえ。」

かあちゃんがたくあんをバリバリ食べながらゆった。

「塩んなっちまっただんべえ。」

おばばがお茶を飲んだ。

「がっちゃんこ、かけんかねえ。」

はり仕事を始めながらかあちゃんがゆった。

「一《いち》、がっこ（学校）しけたら（ひけたら）よ、のらぁ、こ（きなさい）。」

はり目通しをしている一郎がこっくりをした。

朝早く、かあちゃんは物置からがっちゃんこをひっぱりだしてたんぼまで担いでいった。

くの字形の片方を水に入れて、片方はたんぼのほうへ少し低くして水の取り入れ口へ架けた。丸太棒を両脇に一本ずつ川の中に立てて、がっちゃんこが動かないようにしてから、たんぼへ突き出している二本の踏み台の棒に乗っかると、かあちゃんは交互に足踏みを始めた。

がちゃんがちゃんと規則正しい音とともに、汲み上げられた水が勢いよくたんぼの中へ流れ出た。

乾きかけたたんぼの中へ、じっとりと水が広がっていき稲の根っこが十分に隠れるくらいまでたまってから、隣りのたんぼとのしきりを外してそちらへ流しこんでから、またがっちゃんがっちゃんと水を汲むのだった。

しばらくしてからかあちゃんは、おばばの畑のそばのたんぼへがっちゃんこを持っていって据えつけると、畑にムシロを敷いて寝ころがってふうぅっと息をついた。太ももとふくらはぎがかたくなっていた。

〝あとは一郎にやらせんべ〟とかあちゃんは思った。今日中にどうしても仕上げなければならない着物があった。起き上がるとかあちゃんは、はや足で帰っていった。

そろそろ一郎が中学注②へ行く時間だった。

おばばは畑ではいずり回っていた。ぬれてしまって腐りかけたワラを持ってきて、野菜の畝《うね》に敷いていた。足らないところは、刈り取った雑草を乾燥させたものを敷いていった。こうしておけば乾き具合が違うのだった。

背中が汗でぬれていた。暑くて気持ちが悪くなった。あわてて日蔭へ逃げこんで、ゴザの上へ寝転んだ。

〃あんとき、自転車でリヤカー引っ張ってとうちゃんが持ってきたんだ。じいちゃんととうちゃんでがっちゃんこやってたっけ。村のもん（者）、ずいぶんかりい（借りに）きたっけなあ。〃

おばばはゴザの上をはっている虫を、葦《あし》の葉っぱでつついた。虫はくるっと丸まってネズミ色の体がころがった。

それからぬるくなったヤカンの水を飲むとウトウトと眠った。

〃娘のまさ子が一郎にオッパイをやっていた。はちきれそうな大きさだった。とうちゃんがそばにいて昼飯食ってたっけ、じいちゃんがキセルでタバコふかしててよ、おらあ、トマト取ってきて、あんときはうまかったっけなあ、ザクッザクッって稲刈って、あんときのカマおれ研いたんだ、とうちゃんは野良《のら》くんとき軍帽かぶってんだ、戦争んときのやつかぶってんだ、からだいっかくって（大きくって）がっちゃんこ片手でかかえちゃうんだ。力あったなあ。〃

がっちゃん、がっちゃんと音がしていた。

勢いよくたんぼへ落ちる水は、そこへ穴をあけて稲の苗を流した。少しずつ水は広がって太陽が少し傾いてきたころ、とっぷりと首まで苗は水につかっていた。

それでもまだ、がっちゃんこの音は休むことなく続いていた。

おばばの目がさめた。ぼんやりと音のするほうを見た。軍帽をかぶった〝どうちゃん〟ががっちゃんこを踏んでいた。ぼおぉっと見ていた。汗が乾いていた。目をこすった。

「おばばあ、水たまったよ。」

一郎が手をふった。

軍帽をかぶった一郎が水を汲んでいた。

おばばは、急いで隣りのたんぼとのしきりをとって、たまった水を流しこんだ。

しょいかごにゴザとヤカンとカマを入れて一郎が背負っていた。竹の棒のつえをついたおばばと一郎は、夕やけで赤くなった空を見ながら帰っていった。のら道を歩く二人のうしろに、長い長い影が伸びていた。

（第六話　おわり）

平成12年（２０００年）2月6日作

【注】

① 市川市の史跡「お経塚」。

② 千葉県東葛飾郡南行徳町立南行徳中学校、南行徳小学校と同じ敷地内に建っていた。現在の市川市立南行徳中学校はもっと海よりのところに移転している。

◇とうちゃんのがっちゃんこは五十年たった今でも、わが家の物置にひっそりと横たわって静かに眠っている。家を建て替えたときに、かあちゃんも一郎もとうちゃんのがっちゃんこを捨てることができなかった。◇

第七話 みち

開襟《かいきん》シャツのえり元にあたる風は、一郎の胸元を少し膨らませた。

両手を窓枠について校庭から目を上げると、その先は刈り入れを待つ稲穂が黄金色の頭《こうべ》をゆったりと垂れて、太陽の光をとりこんでいのち（生命）の喜びを発散していた。

地平線まで続く黄金色の波は、まぶしくキラキラと輝くものをいただいて終わっていた。それは今まさに満潮を迎えようとしている海が、地平線に迫り上がって海を渡る風に立つ波が太陽の恵みを反射する輝きだった。

教室[注①]の二階の窓から眺めながら、一郎は今日ほど悲しかったことはなかった。

あの海のように輝くことができたらどれほどすばらしいことか、黄金色に輝く稲穂のように、実り豊かな未来を約束されたら何とうれしいことだろうか、そしてあの太陽のように空高く昇ることが許されたらいいのに、と一郎は思うのだった。

教室内のさんざめきも一郎の耳には届かなかった。

一郎の胸には、おばばとかあちゃんの姿があった。かあちゃんは〝自分で決めなさい〟とゆった。おばばは寝ころんで横を向いていたが、黙ってほとけさままでいくと線香をあげてチンをした。おばばは悔しかった。

あの日からもう何日もたっていた。

一郎は今、ここで決めなければならない二つに一つのことについて決めたのだった。

それは、かあちゃんが決めたのでもなく、おばばがそうしたのでもなかった。

〝就職します〟

一郎は先生にそう告げた。就職するのはクラスで一郎だけだった。

かあちゃんは、着物を縫いながら〝そう〟とゆって下を向いていた。おばばはまたほとけさまにチンをした。


卒業式の日、先生はかあちゃんをつかまえて〝彼は大丈夫です。きっとやりますよ〟とゆった。先生は一郎のわずかな変化を見逃さなかった。三学期、一郎は先頭にいなかった。

　師いわく
　汝の貧しきは汝の責めにあらず
　いわんや母、祖母の責めにもあらずや

よって汝を育てし者の心わすれまじ
汝に子ありて貧しき故に勉学かなわずば、そは汝の責めなり
しからずんば万難を排し勉学に勤《いそ》しむべし

今年の冬はひとしお寒かった。

おばばは〝じいちゃんの葬式んときとおんなじだ〟と言った。

かあちゃんは近所のお葬式に出かけていった。コタツに足を突っこんで、ふとんをかぶっておばばはうとうととしていた。

一郎は白い息をはきながらコタツに背を向けて、とうちゃんの机で勉強していた。

一郎はスクーリングで提出するレポートをまとめていた。通信教育[注②]で勉強するのは、なんでもないことだった。おばばと一郎とかあちゃんが、小学校からずっ

としていたことをしているだけだった。

何度目かの給料袋がほとけさまにあがっていた。

おばばはナムアミダブツと言いながらチンをした。

〝おじいさんええ、一郎がよ、とうちゃんみてえによ、月給取ってきてんだど、一郎つながんまでもうちっと持っててくんせえよ、な〟

春、じいちゃんの印《しるし》を焼き印したマンガン[注③]で一郎は田うないをしていた。四本指のマンガンは勢いよくたんぼに突き刺さり、一郎は力いっぱい手前へ引っ張って土を掘り起こした。

手に豆ができた。痛かった。でも一郎はかあちゃんに負けまいとして一生懸命にマンガンを振り上げた。

おばばとかあちゃんと一郎は畑でにぎりめしを食べた。

泥だらけの一郎の足はとうちゃんの足のようだった。かあちゃんは、みそおにぎりをほおばる一郎の肩にとうちゃんの面影を見た。

おばばはヤカンの水を口のみすると〝ほれ〟と言って一郎に渡した。一郎はヤカンについたおばばのめしつぶを大事そうに口へ入れると、ごくごくと水を飲んだ。


海へと続く道は学校で一郎が見たものと、ここの畑から通じるものと、幾筋かの道がのびていた。どの道も右に左に曲がっていて、とうてい海には出られないように思えるのだったが、迷わずたどっていけばたどり着けるものだった。

一郎が窓から見て思ったことは、あきらめさえしなければきっといつかはかなうものだった。

一郎のたどる道は一郎が耕して、広く確かなものとして一郎の子たちに残すものでもあった。

〝おてんとさま、おてんとさま、一郎んこと、見ていてやってくんせえ、おねげえだからまもってやってくんせえ〟

おばばは眠りながら願った。

明日は稲刈りだった。でものろしに稲束を架けるのは、一郎の仕事になっていた。おばばは、ただ座って見ているだけだった。

〝おじいさんよお、七〇までは数しただけんどよお、もうやれねえよお〟

ざくっざくっと一郎とかあちゃんが稲を刈っていた。

束ねた稲をぽーんと一郎が放り投げた。かあちゃんも投げた。

おばばのほうへ稲の匂いがただよってきた。

（第七話　おわり）

平成12年（2000年）2月9日作

【注】

① 千葉県東葛飾郡南行徳町立南行徳中学校、当時の中学校は現在の市川市立南行徳小学校のある場所に建っていた。

② 東京都立上野高等学校通信教育部。

③ 棒の先に二五～三〇センチくらいの金属の爪が三～四本ついている農具。

第八話 はね

ぐえっぐえっと蛙《かえる》が鳴いていた。

開け放した窓から、すずやかな風がそっと吹きこんでいた。ちゃぶ台の前で本を読み終えた一郎が、バタバタとランドセルへしまった。

さっきからじいちゃんの小屋のほうで鶏が騒がしかった。

「一《いち》、猫かもしんねえど。」

はり目通しをしながらおばばがゆった。糸の先をさっきから噛んだりなめたりしてみたが、いっこうに通らなかった。

小学校一年生の教科書を一郎が毎日読んでいた。なんとなく日課になっていた。

おばばが
〝一、読んでみろえ〟

とゆったのだった。

〝ゼニかんじょうせえできりゃあ、世のん中わたっていけんだ〟

とそれまでにも口癖のようにおばばはゆっていた。

だからおばばは
〝いしが（君がとかおまえがとかの意味）習ったとこも明日やんとこも読んでみろえ、わかんねえとこおしえてやんど〟

と初めての登校日の日に一郎にゆったのだった。


「おばばあ、猫、いねえよ。」

すっかり暗くなった鶏小屋から戻ってきて一郎がゆった。土間のガラスの引き戸から、裸電球の光が小屋のほうにかすかに届いていた。ココッココッと言いながら、小屋の中はだんだん静かになったのだった。

「ムシロ、なんでぶらさげんだあ。」

下駄を脱ぐなり一郎が聞いた。

「トリ、騒がねえようにだあ。」

はり目通しを一郎にやらせながらおばばがゆった。

「猫ん目え見んと、タマゴうまなくなっちまぁ。」

おばばはつけ足した。

「目、おっかねえのけ。」

「うんだ、きれえなもんはみんなおっかねえんだ。」


次の日の朝、庭へアサリの殻をぶちまけて踏んづけながらおばばがゆった。

「一、ぶってえ（太い）羽根あんけ。」

卵と羽根を持って、じいちゃんの小屋から一郎が出てきた。

芯だけにして太いところを包丁でブツブツに切った。バケツの中へ入れて水に浮かんだものだけを取った。

〝とうちゃんのウキ、つくってやんど〟

それは学校から帰るとできていた。


おばばと一郎はおおぜきへ行った。道のあたりまで水がいっぱいにきていた。タコ糸にじゅずつなぎになっている鳥の羽がゆらゆらと沈んでいった。昨夜《ゆうべ》、一郎が糸に通して水に浸《つ》けてふやかしたのだった。羽根のウキの一番上に木を削ったとんがらし（唐辛子）ウキがついていた。

「水ん中の下のやつ見んだど。」

とおばばがゆった。

風波に押されてとんがらしウキが流された。

「おばば、うごいてんよ。」

岸際のヨシと少し沖にあるヨシとの間で羽根ウキがモジモジと動いていた。

「あわてんじゃあねえど、もっと食わせんだど。」

首を突き出しておばばがゆった。

一郎がとうちゃんの釣竿を立てた。

竿は満月のようにしなって、羽根ウキもとんがらしウキも水中へグイグイと引きこまれていった。


「でっけえのつれたね。」

歩きながら一郎がゆった。

「がまんしたからよお。」

おばばがゆった。

「なんでおばば、わかんのけ。」

「鳥の羽根、かりい（軽い）からよ、ふな、えさ食いにくんとふわふわすんべ、きたのわかんだ、えさ食ってよ、ねぐらへけえろうとすんと引っ張んだよ、そんときつれんだ。」

「……」

「一、このウキはよ、流れてんときぁよすだど、でっけえウキつけろえ、なあ、こんつぎ、ためしてみんだど。」

相変わらず夜になると一郎の本を読む声が聞こえていた。

じいちゃんのおったてた鶏小屋は、にぎやかだったり静かだったりした。

軒下の柱に打ちつけたクギに、ザルが架けてあった。

そのザルの穴には、一郎が鶏を捕まえて取った羽根が何本も突き刺してあった。羽根がちょっとでも細いと海のほうから吹いてくる、ちょっとした強い風にもあおられて吹き飛んでしまうのだった。

学校から帰った一郎が今日もまた鶏を追いかけ回していた。

（第八話　おわり）

平成12年（2000年）2月12日作

第九話

て

「いってきまーす。」

一郎は勝手口の土間から飛び出した。畑に使う竹の棒を持っていた。昨日、おばばにたのんで短く切ってもらったのだった。

村境の小川の橋を渡ってじきに右に折れると、たんぼのまん中を農道がまっすぐにのびていた。

刈り入れ前の稲穂が、頭《こうべ》をたれてずっしりとした実りをたくわえていた。おばばたち百姓にとって、苦労が報われる季節がやってきたのだった。

あちらこちらで男たちが、のろし（刈り取った稲を乾燥させるためにかけておく棚）を作っていた。

ところどころに家があり、周りは木が植えられて生け垣になっていた。家のわきは広い畑になっていて、その続きがたんぼだった。

農道の両脇は雑草が生えていたが稲穂はそれよりも背が高く、見渡す限りどこまでも黄金色のジュウタンを敷き詰めたようだった。稲の葉がところどころで、ツンツンと伸びて飛び出ていた。

前方に神社の鳥居《とりい》が見えてきた。ギイギイこうば（木材の製材工場）のわきを通ると木屑《きくず》が散らかっていた。一郎がそれを踏むと、雪の上についた足跡のように凹むのだった。

一郎は歩きながら、竹の棒を右手の指に挟んでクルクルと回していた。ときどき口へ持ってきて、笛を吹くまねをした。そんなときは、歩き方もシャンとなって規則正しく歩けるのだった。

ギイギイこうばを過ぎたところに、上の子供たち（上級生）がかたまって歩いていた。

上の子たちは竹の棒で稲穂の上をこすっていた。稲穂はそのたびにジャリジャリジャリと音を立てた。一人が棒で稲穂をたたいた。パチンパチンと音がした。見ていた一郎は一緒に歩いていた子に〝いけねえんだよ〟と小さな声でゆった。稲穂がちぎれてとんだ。上の子たちはそれを拾ってモミを割って中の粒を口に入れてかんだ。


「この悪ガキがあ。」

大きな声がして大人がかけてきた。

わあぁといって上の子たちは一目散に逃げていった。

「このばちあたりがあぁ。」

一郎の頭の上で叫んだかと思うと、げんこつが降ってきた。一郎は頭をゴツンと殴られた。ランドセルをつかまれて、振り回されて突き飛ばされた。

ひざを擦りむいて泣きべそをかいた一郎が顔を上げると、こわいおじさんが立っていた。


一郎は泣きながら鳥居をくぐって校門を入った。

「しょんべんたーれのなーきむし、なーきむしのよーわむし。」

上の子たちが一郎の周りをぐるぐる回りながらはやしたてた。

一郎のズックの運動靴の中は、おもらしした小便でぐしょぐしょだった。

一郎はくやしかった。いきなりがき大将にむしゃぶりついた（無茶苦茶にしがみつくこと）。わあぁっと泣き声を出しながらしがみついた一郎の頭が、がき大将のあごにごつんごつんと下からぶつかった。

ランドセルを引っ張られた。げんこつが頭へ飛んできた。

二人してどたんと倒れた。上になった一郎が、がき大将の顔を引っ掻いた。がき大将が泣いた。

かあちゃんが先生に呼ばれて学校へきた。先生の話を黙って聞いていた。

「どうしたの。」

かあちゃんは一郎の頭をなでながらやさしく聞いた。コブができていた。

くしゅくしゅ泣きながら一郎がゆった。

「おれ、わりいくねえもん、おてんとさま、見てんもん。」

かあちゃんは一郎の言葉を信じた。すべてのことが一瞬にして理解できた。

かあちゃんが息子の一郎の言葉を信ずることができなくて、一体だれを信ずることができるというのか、かあちゃんはだれが何を言おうと一郎を信じた。

一郎はあととりだった。とうちゃんの面影があった。

とうちゃんが死ぬときに、かあちゃんがおんぶしていた一郎を見て涙して、とうちゃんの心からあふれたものが、かあちゃんの心に棲《す》みついていた。

そのとうちゃんとおんなじ顔した一郎が泣いていた。

「相手は上の子だし、がき大将だし、何人もいたんだし、うちの子だってケガさせられてんだから。」

かあちゃんは先生にそうゆった。それから、ご迷惑かけました、とゆった。

そのあとかあちゃんは、一郎のこと殴った人をたずねていって厳重に抗議した。

どどーん、と花火があがった。青い青い空に煙が流れていった。

おばばはゴザをかかえて、竹の棒のつえをついてギイギイこうばの前を歩いていった。

そのあたりでも稲刈りはもう終わっていた。

紅白の紐を張ってある後ろにゴザを敷いた。かあちゃんがやってきた。

かあちゃんとおばばは、おいなりさんを食べながら運動会を見ていた。

応援団が白い棒を振りながら行進してきた。白いハチマキを締めた一郎がいた。

頭のコブはすっかり治っていた。

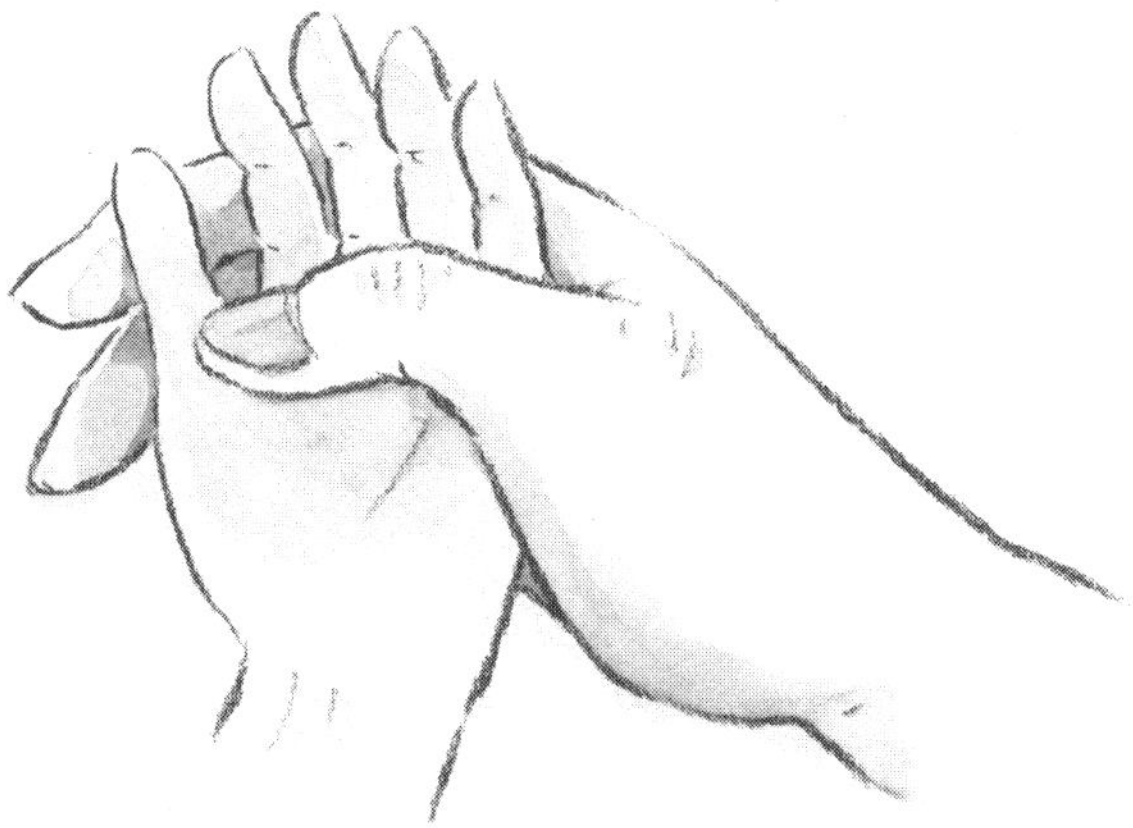

ドン、とピストルが鳴って、赤と白のハチマキがおばばの前を駆け抜けていった。

一郎が先頭を走っていた。並ぶようにして走っていた子がころんだ。ゴールのテープが目の前にあったが、一郎は立ち止まった。後ろの子がどんどんと一郎にぶつかってころんだ。一郎は初めにころんだ赤いハチマキの子と手をつないでゴールした。

かあちゃんは布団に入ると、眠っている一郎の手をそっと握った。小さくて愛らしかった。かあちゃんは一郎の手を開いてゆっくりゆっくりなでた。一郎の手はとっても熱かった。

一郎の手の何倍も大きいたくましい手で、かあちゃんの手を握ってくれたとうちゃんはもういなかった。かあちゃんはふうぅっと息をはいた。胸がせつなかった。涙がこぼれた。かあちゃんは一郎の手を握り締めて声を出さずに泣いた。とめどもなく涙が流れた。涙は一筋の流れとなって、頬を伝い寝間着の襟を濡らした。

おばばが何か寝言《ねごと》を言ってから、またいびきをかいて眠っていた。

明日、お墓参りに行ってこよう、とかあちゃんは思いながらいつのまにか眠った。

（第九話　おわり）

平成12年（2000年）2月15日作

第十話

もち

セイロ（むしかご）を抱えてかあちゃんが釜戸から出てきた。臼《うす》の上へ、パタンとひっくり返しにあけてセイロをどけた。姉さんかぶりをしているかあちゃんの、おでこや鼻やほっぺたに湯気がもうもうとふりかかった。

一郎にセイロを渡して、かあちゃんは桶の水を手につけて臼の中のもち米をびちゃっとたたいて〝ほいさっ〟とゆった。

ペッタンペッタンと杵《きね》が振り下ろされて、合間にかあちゃんの手が伸びて臼のまん中へもちになりかけたものを押し出した。

おばばはヘッツイの前で火加減を見ていた。ときどきワラをくべては灰をかき出していた。中は湯気と煙で熱かった。おばばは表へ出てきて、腰をうーんとのばすとまた入っていった。

「一《いっ》ちゃん、やってみんか、ほれ。」

杵を渡しながらおじさんがゆった。

杵はずっしりと重かった。

「こっちのがいいべ。」

軽いほうの杵をかあちゃんがよこした。

「せっかちだからよお、一《いち》は。頭しっぱたかれんとこ（ひっぱたく、たたかれるとこ）だったよ。」

お茶を飲みながらかあちゃんが笑った。

「おめらんとうちゃん、力あったもんねえ、もちずいぶん食ったよねえ。」

隣りのおばさんがゆった。

つきたてのもちを、ちぎって大根おろしに醤油をぶっかけた大皿へ入れながら、みんなしてそれを食べていた。


「一、こっちゃってくれ。」

かあちゃんが呼んだ。赤トンボが飛んでいた。

二人でシートの上のモミを集めて袋へ入れた。

「こんどはもち米だから、まざんねえようにしなくっちゃよ。」

ホウキで掃きながらかあちゃんがゆった。

「かあちゃん、めしにすんべ。」

台所から顔を出しておばばが声をかけた。

一郎はご飯の上へゴマシオをかけてからお茶をぶっかけてざくざくと食べた。

アサリの佃煮がおいしかった。

おばばとかあちゃんは卵に砂糖を入れて、ぐじゅぐじゅに焼いたものを半分ずつにして食べていた。キュウリとナスの漬物が出ていた。

「もち米はよ、一《いち》がこいでみんだど。」

たくあんを食べながらかあちゃんがゆった。


ゴオォーン、ゴオォーンと脱穀機がうなった。

一郎は左足で力いっぱいこいだ。勢いがついてくると、そんなに力を入れなくても脱穀機はぐるぐると回った。

稲束を右手でとって両手でしっかりとつかんで、脱穀機の上へ突っこんだ。バリバリバリと音がして稲穂の先についているモミがちぎれ飛んで、前に敷いてあるシートにみるみるうちにたまっていった。

一郎の頭の上には青い青い空が雲一つなく広がって、竹垣の先端には赤トンボが何匹も何匹もとまって羽根を下に下げていた。

モミがちぎれ飛ぶバリバリバリという音は、おばばの心を限りなく和ませてくれる。それは大地の豊かな恵みの証であり、おばばが今年一年、生き抜いたことの証でもあった。

じいちゃんの名前を焼き印してある道具と機械で一郎が働いていた。あたり一面はゴオォーン、ゴオォーンという機械の騒音と、舞い上がるワラの粉塵に満たされて、ひとときの間、喧噪に包まれていた。


「このもちはよ、一《いち》が稲こきやったやつだんべ。」

カマボコのような形のもちをかきもちに切りながら、おばばがゆった。

「中学んなってからいかくなったもんな、とうちゃんに似てきたよね。」

はり仕事をやりながらかあちゃんがゆった。

一郎はとうちゃんの机で勉強していた。

「一、縁側へよ、新聞がみ敷いて、並べてこう（ならべてきなさい）。」

一郎は本をしまってから縁側へいった。

「おばばあ、もち米っていっぺえつくれんのけ。」

「つくれんよ。」

「なんでつくんねんだあ」

「いっぺえ取れねえしよお、こやしもいらあ。」

「だけんどうんめえど。」

「うんめえもんばっけ食ってちゃあ、腹もたねえど。たぁまに食うからいいだ。」

「いつ食うんだ。」

「めでてえときだ。お赤飯だべ、ぼたもちだべ、お正月の鏡もちだべ、雑煮《ぞうに》だってよ正月だんべ、かきもちもできんど。」


…………

…………

一郎は夢を見ていた。

一郎がペッタンペッタンともちをついていた。おばばがこねていた。おばばは着物にたすきがけをしてモンペだった。ほい、ほいっとゆって調子をとった。なぜだかかあちゃんとやったときよりもうまくいっていた。

つき終わっておばばが顔を上げた。腰が伸びていた。姉さんかぶりの下には黒髪があった。

〝おじいさん、お茶にすんべ〟

とおばばがゆったようだった。口がそういうふうに動いた気がした。なぜか一郎は

〝うん〟

と答えていた。

夜明け前の暗い空には、たくさんの星々がきらきらとまたたいていた。

（第十話　おわり）

平成12年（２０００年）２月17日作

第十一話 かみ

おばばはたすき（襷）がけをしていた。背中が少し伸びたように見えた。

タンスの引き出しを抜くと表へ運んだ。小さな引き出しは一郎が抱えた。

とうちゃんの机も、かあちゃんとおばばが持っていった。コタツも外して灰が飛ばないように、ぴったりと板を乗せてあった。

障子《しょうじ》もふすまも外されて、庭に立てかけてあった。

家の中ががらんどうになった。

縁側の戸も台所のガラス戸も開け放たれて、冷たい風がすうぅーっと通り抜けていった。

「一《いち》、やんど。」

ぶっとい竹の棒を持って、おばばが一郎を呼んだ。おばばは姉さんかぶりをして、手ぬぐいで口をおおっていた。

おばばと一郎は、畳にはいつくばって思いっきり畳をたたいた。ばんばんばんとすごい音がした。ほこりがもうもうとわきあがった。一郎はとうちゃんの軍帽をかぶって、手ぬぐいを首の後ろでぎゅっと縛ってマスクにしていた。二人ともほこりまみれになっていた。


バケツに水を入れてかあちゃんがきた。三人で畳を拭いた。柱もデンキのかさも拭いた。押し入れの中に一郎がもぐりこんでぞうきんで拭いた。

「一ゃぁ、ちょうどいいあんべえだなあ。うめえなあ。」

おばばに言われて一郎は夢中になって拭いた。

「いてえっ。」

立ち上がろうとして頭をぶっつけて一郎がゆった。

「上の段もやってみろえ。」

台に乗って一郎がはい上がった。

上から、どん、と飛び降りた。

「おばば、おんもしれえよ。」

一郎がおもしろがってゆった。

庭中いっぱいに布団がほしてあった。短い竹の棒でかあちゃんがバンバンとたたいていった。

一郎が木箱の中をのぞいた。

何年か前のお祭りで使った黄金バットのお面があった。金粉だらけのお面が笑っていた。手垢がついた使わなくなった一郎の教科書があった。

マンガの本があった。「黄金バット」と「少年ケニア」だった。一郎はアフリカの草原を象に乗って走る少年にあこがれていた。

ジャングルでツルをにぎって木から木へ飛び移りたかった。

一郎はかあちゃんがお年玉だよってお正月に本を買ってくれたらいいな、と思った。

庭へ出したものをみんなして家の中へ運んだ。太陽の光を取りこんで、ふとんはふかふかであったかかった。

「一、障子紙はんべ。」

おばばと一郎はバケツとぞうきんを持って庭へ出た。

「紙、とんときはこうやんだど。」

やってみせながらおばばがゆった。一郎はまねをした。

「きれえにはがすと、きれえにはれんど。なんにでもかんにでもおしめえがあんだ。おしめえにすんときがでえじだど。」

「……」

ぞうきんをびしょびしょにして、一郎は桟をぬらしていった。紙を引っ張って残りをぞうきんで拭ってから、日に向けて干した。大掃除が終わった。

「おばばあ、おしめえがでえじだってなんだあ。」

晩ご飯のとき一郎が聞いた。

かあちゃんはほうれんそうのおひたしに、かつおぶしをかけて食べていた。

「おしめえをちゃんとしねえとな、よかったことも悪くなっちまあことだってあんだ、一《いち》がちゃんと拭いたから、見ろ、障子紙、きれえにはれたんべ。」

「うんと、うんと、おばば、そんじゃ学校も終わりんなんのけぇ。」

「んだ、始まりがあれば終わりがあんだ、そんでまた始まんだ。だからなあ、一《いち》え、終わりぃちゃんとしとかねえと次のが始まんねえど。」

「……」

一郎は黙ってざくざくとお茶漬けをかきこんだ。

歳月が流れた。一郎は中学生になった。学生服を着て帽子のバッチが光っていた。斜めに肩からカバンをしょっていた。

一郎は図書部を希望した。本をたくさん読みたかったし、本のそばにいつもいたかった。かあちゃんが買ってくれる本だけでは一郎にとっては足りなかった。だけど一郎はかあちゃんがどんなにして働いているかを知っていた。だから本を買ってほしいとどうしても言い出せなかった。

一郎は休み時間になるといつも図書室にきていた。『レ・ミゼラブル』『次郎物語』『白鯨』を何度も何度も読んだ。

卒業するまでの三年間で図書室の本は残らず読んだ。一郎の心におばばの言葉がよみがえっていた。〝おしめえにすんときがでえじだど〟おばばはそうゆったのだった。

一郎は卒業する前に全部の図書に見出し（インデックス）をつけようと思い立った。

放課後に毎日図書部員が見出しをつけた。破けたところは修理をした。

見出しが足りなくなって先生に言いにいった。

先生は悲しそうな顔をして〝ごめんね〟と言った。一郎は初めて図書部の予算が足りないことを知った。そういえばこの三年間で新しく加わった本はわずかだった。

一郎は貧しいのは自分だけではないことを知った。

でも、一郎にとって中学校の図書室は最良の教師だった。


卒業式の前の日に図書部の先生が一郎を呼んだ。

「一郎君、三年間ほんとうにごくろうさまでした。」

輝くような瞳と明るい笑顔で先生はゆった。そして一郎にきれいな包装紙でくるんだ小さな四角いものを手渡した。そのとき先生の髪の毛と胸のあたりから、とてもいいにおいがただよってきた。いつかかあちゃんとバスに乗って田舎へ行ったとき、かあちゃんのひざの上でかいだ匂いとおんなじだった。

先生はスカートをヒラヒラさせながら廊下を歩いていった。

とうちゃんの机で先生にもらったものを開けてみた。「聖書」が入っていた。おばばは一郎の話を聞いてから、「聖書」を神棚に上げて火打ち石をカチカチと鳴らした。そしてほとけさまの引き出しから折りたたんだ紙を出した。

一郎はそれを手にとって開いてみた。そこには一郎が初めて見るおばばの書いた字がくねっていた。それはとうちゃんが死んだあと、かあちゃんに聞きながら、やっとの思いで書いたおばばの字だった。

その紙には〝かみやほとけはうやまうものたよるべからず〟としたためられていた。

一郎はじっと紙を見つめていた。

「せんせはな、一《いち》んこと、ちゃんと見てたんだど。この本、せんせだと思ってでえじにすんだど。」と、おばばはゆった。

そして一郎の手から紙を取ると、またほとけさまの引き出しへ入れた。

「困ったことあったらここ入れとくから見んだど。」

そう言いながら、おばばは台所のほうへひょこひょこと歩いていった。

一郎はやりかけになっている見出しつけのことを思っていた。座ってじっとしていた。

庭に咲いている梅の花と沈丁花《じんちょうげ》の花から、強くて香ばしい匂いがただよってきた。一郎はふと、俺の終わりはこれでよかったのかな、と思っていた。


（第十一話　おわり）

平成12年（2000年）2月18日作

◇「聖書」は四三年たった今も我が家の書庫に眠っている。◇

第十二話 むてき

一郎が登っている桃の木が、みしっみしっときしんでいた。

黒く塗った板塀に片足をかけて手を伸ばした。手の先には大きな桃がなっていた。

縁側に腰かけておばばが見上げていた。ひざの前のザルの中にはいくつもの桃が入っていた。

「おばばぁ、こんだけだよ。」

また桃の木がみしみしとなった。

95　むてき

「あの桃の木はな、おばばの子供んときっからあんだど。」

ほとけさまへ桃をあげながらおばばがゆった。

「昔ゃあ、リヤカー通るくれえの道だったんだけんどバス通すんでよ、広がったときによ、庭、削られちまったんだ。いっぺえ桃なってよお、かあちゃん、生まれたときだってずいぶんなったっけ。」

皮をむきながらおばばがゆった。

「道せまかったのけ。」

一郎が聞いた。

「前はな、大川（江戸川のこと）船いったりきたりしてよ、荷はこんだべ、トラックなんてめったに通んなかった。みちぃ両脇はよ草ぼうぼうでよ、キツネが化かすんだど。」

「なんに化けんだ。」

「原っぱの木の上によ、お月さんがふたっつ出んだ。」

「まぁだ出んけ。」

「バス通ってから出ねえくなったなあ。」

「おばばぁ、桃の木おっかねえよ。」

「ふりいからなあ。」

「だってぐらぐらすんど。」

「いっぺん枯れちまっただもんなあ。」

かあちゃんがおばばのおなかから生まれた後、何年かして枯れたのだった。だけどじいちゃんが〝かわいそうだ〟とゆってそのままにしておいて、ワラを燃やした灰を根っこの周りにまいてやったんだ、とおばばが一郎にゆった。

そしたら途中から芽出てよ、一郎のぼったんべ、あんなにいっかくなったんだ、とおばばはつぎ足した。

「だから、だめんなっちゃたと思っても、物ぉそまつにすんじゃあねえど。」

と、一郎におばばはゆうのだった。

「だけんど、大雪ふったときはじいちゃんがのろし丸太持ってきて、つっかえ棒してやったっけ。今でもあんべえ、あの丸太だあ。」

腐ってぼろぼろになったつっかえ棒をゆびさしておばばがゆった。
歳月が流れた。
夏、雨上がりの草いきれがむんむんするあぜ道に、おばばがしゃがみこんでいた。
たんぼとたんぼの境目の細い道は、ところどころに刈り取った草がかたまっていた。
稲はすくすくと伸びて、するどい葉っぱをつんつんと上に向けて背伸びをしていた。
おばばはうぅーんとのびをした。曲がった腰と丸くなった背中が痛かった。
なまあたたかい風がすうぅっと吹いて、おばばの首筋にかかった白髪を動かした。
左手に鎌を持って右手を腰にあてておばばは、ひょこひょこと歩いて日陰へ逃げていった。一郎は中学校を卒業して工場で働いていた。このところずっとおばばは一人だった。

〝とうちゃんがお婿さんにきてくれて初めてもらってきた月給を、おばばはほとけさまへあげてチンをした。するとこんどは一郎が帰ってきてかあちゃんに月給を渡した。初めての給料だった。かあちゃんがチンをした。じいちゃんはラジオで相撲を聞きながらお酒を飲んでいた。じいちゃんもとうちゃんもかあちゃんもみんな年をとっていなかった。一郎だけがたくましくなっていた。〟

居眠りをしていたおばばの足元に人影がさした。おばばを迎えにきたかあちゃんだった。

八月、蝉がみんみんみんみんみん鳴いていた。

お盆がやってきた。じいちゃんととうちゃんを迎えるため、おばばは畑にやってきた。

一郎が植えた稲は穂を出して、海からの風に揺れていた。まだ十分に実りきらない稲穂が、ずっとずっと海のほうまで続いていて、その先には小さく松の木が見えていた。

きゅうりとトマトとなすを取った。おばばの背中はぐっしょりと汗で濡れていた。

急に胸がどきどきして、おばばはふうぅっと息をついた。膝をついて両手を畑の土についた。はあはあと息をついた。気分が悪くなった。おばばは一生懸命に立ち上がると、一郎といつもおにぎりを食べていた日蔭へ逃げていった。

青い顔をして眠っているおばばのそばに、一郎が立っていた。手ぬぐいを川の水で濡らしてしぼってから、おばばの首筋やおでこを拭いてやった。

「おばば、どうだか。」

一郎がのぞきこんで聞いた。

「のぼせただんべぇ。」

目をつぶったままでおばばがゆった。

しょいかごの中へ収穫した野菜を一郎が入れていた。ハサミもカマも入れた。しょいかごを日蔭に入れてから、一郎はおばばの横へきてゴザの上へ寝ころんだ。

木の枝の向こうには青い青い空が広がって、空のまん中にはぎらぎらと太陽が輝いていた。


おばばと一緒に一郎は眠った。

〝おばばが赤ん坊を背負っていた。一郎にはそれが一郎の小さいころだとわかった。黒い髪の毛で腰も曲がっていないおばばだった。しょいかごをかあちゃんがしょっていた。二人して笑って話しながら家へ帰るとじいちゃんが行商から帰ってきて、一《いち》ええ、とゆった。縁台の座布団の上に降ろされると一郎は泣いた。じいちゃんに抱っこしてもらって笑った。じいちゃんは一郎をおんぶすると自転車に乗って浦安へ行った。知ってる家をぐるぐる回った。どこへ行っても、おれん孫だぁ、似てんべ、とゆって自慢した。いつのまにか一郎とじいちゃんはべか船

に乗ってアサリを取っていた。じいちゃんが腰まで海に入ってアサリを取ってい
た。びしょびしょになりながら一郎はじいちゃんの取った貝で遊んでいた。〃

「一《いち》、一。」

肩を揺すられて一郎は目がさめた。かあちゃんがいた。

「おばばぁ、気持ちわりいんだってよ。」

一郎がゆった。

「おばあちゃん、おばあちゃん。」

かあちゃんがおばばを起こした。

一郎がおばばをおんぶしていた。
おばばは両手でしっかりと一郎の首筋につかまっていた。
おばばは家の涼しいところで薄着になって寝転んだ。夕方になったころ一郎が
見にいくと、おばばは台所で晩ご飯の支度をしていた。

九月になってすぐに台風がやってきた。

一郎はおばばと二人で、家の周りにヨシズを張った。雨よりも風がすごかった。

朝起きてみると桃の木が根元から折れていた。葉っぱをいっぱい繁らせた若木をのせた老木は、若木の重さと風の強さに負けて倒れていた。

たんぼの稲は風のいたずらか気まぐれのように、ところどころが少しずつ倒れているだけだった。

そのあと何日かして一郎が工場にいるとき、かあちゃんからすぐ帰るようにとの電話がかかってきた。電車もバスももっと速く走ればいいのにと一郎は気をもんだ。

大川の橋を渡って坂を下りて右へ折れると、家までの一本道だった。熱さのために溶けかかったアスファルト道路を歩いた。足がふわふわして前へなかなか進まなかった。

家の前には、東京のおばさんが早く早くと手招きして待っていた。

「一《いち》ちゃんがまにあってよかったよ。」

泣き顔でおばさんがゆった。

おばばは目をつぶったままだった。ふうぅっふうぅっと大きく息をしているだけだった。かあちゃんがそばで泣いていた。一郎はおばばの手をそっと握った。しわ（皺）だらけでかさかさだった。指が長かった。手が熱かった。

おばばの葬式が終わって、かあちゃんと一郎の二人で稲刈りをやった。

もうおばばは一郎のそばにいなかった。

〝おてんとさま、おてんとさま、おねげえだから一郎のこと見ていてやってくんせえ、一郎のことまもってやってくんせえ〟

おばばの思いはたった二人になってしまったかあちゃんと一郎のために、今でもここにあるようだった。

それから三十数年の歳月が流れた。

一郎の家の庭の梅の木が赤い花をたくさんつけていた。

梅が終わるとアンズの花が咲いた。

おばばの桃の木が枯れたあとへ植えた、一郎の桃の木の花が咲いた。

今年は、寒椿も沈丁花もさつきもつつじも見事に咲いた。

秋になると桃がなった。これまでにない見事な桃だった。

「おふくろ、いい桃なったよ。今年はすごいね、いいことが重なるね。」

一郎はかあちゃんにゆった。

一郎の孫が生まれようとしていた。かあちゃんが楽しみにしていたひ孫だった。

死んだおばばがじいちゃんの分まで長生きして、抱きしめたかった一郎の子供が赤ん坊を生もうとしていた。

「一《いち》さんよ、全部いいことづくめってのはよ、よくないことなんだよ。」

かあちゃんが小さな声でポツリとゆった。

うかつにも一郎は、かあちゃんのゆった言葉の意味がわからなかった。

いいことばかりが続いていた一郎には、年老いたかあちゃんの心の中がのぞけなかった。

そのあとしばらくして突然かあちゃんが死んだ。一郎は茫然《ぼうぜん》とした。かあちゃんは日ごろから口癖のように、死ぬときはぽっくりいきたい、とゆっていた。そしてゆった通りになった。

葬儀の日、菩提寺[注①]のお坊さんの読経のあと親族がお別れをした。

一郎は最後までかたわらに立ち、みながすんだのち一人かあちゃんの頬を手で包んだ。かあちゃんの頬は、じいちゃんのときのようにしゃっこかった（つめたかった）。

一郎は、かあちゃんがポツリとゆったときのことを思い出していた。はしゃぎすぎていた一郎を戒めてくれたかあちゃんの心を、思いやることができなかったことが悲しかった。

もっともっとかあちゃんにやさしくしてあげられたのに、と悔やまれた。

だがそれは、どれほど望んだとしても永久にもう二度とかなわないことだった。
そのことが一郎の心をしめつけた。
はり目通しをしながら、かあちゃんとともに過ごした夜のことが思い出された。
一郎の胸の奥から突き上げるような嗚咽《おえつ》がこみあげてきた。
泣くまいとしてこらえる一郎の肩は、小刻みに震えて涙がとめどもなく流れた。
一郎の涙は落ちてかあちゃんのほほを伝った。
〝おふくろ、もういいんだよ、ゆっくり休みな〟
と震える声で一郎がゆった。
風に乗ってぼおぉぉーっという霧笛《むてき》がかすかに聞こえてきた。
霧笛の音は一郎の心を慰めるように響いていたが、それは悲しげで狂おしげだった。
二度……三度……と霧笛が鳴った。
一郎はまだ下を向いて泣いていた。

（第十二話　おわり）

平成12年（2000年）2月22日作

【注】

① 千葉県市川市相之川にある浄土真宗了善寺

◇「かあちゃん」が口癖のようにゆって気にかけていた「じいちゃん」と「とうちゃん」の五十回忌法要を、「かあちゃん」は果たせないまま他界した。「一郎」は「かあちゃん」の遺志を継いで、その法要を執り行なった。◇

あとがき

この小説の舞台となった旧千葉県東葛飾郡南行徳町と浦安町の一帯は、行徳町を含めて旧千葉県東葛飾郡中で、トップの米生産額と耕作面積を誇る農村地帯でした。しかし多くの農家は、漁業との兼業で半農半漁の地域でした。

この豊かな自然に恵まれた土地で、家族の絆に守られて成長する主人公が「おばば」や「かあちゃん」の思いを本当の意味で理解し、心にしみわたらせることができるようになるまでには、人生という重くて長い年輪を重ねなければなりませんでした。

今ここに『おばばと一郎』の続編を書き終えるにあたって去来することは、私の祖母や母に対する思いが、もっともっとやさしく愛情あふれたものとすることができたであったろうと、悔やまれることが多々あることです。

でも「おばば」や「かあちゃん」がいなくなった今、どれほど望んでも永遠にかなうはずのないものとなってしまいました。

この本は今は亡き「おばば」と「かあちゃん」に贈る、私の鎮魂の書でもあります。

「おふくろ、もういいんだよ、ゆっくり休みな」一郎の最後の言葉を記して、あとがきを閉じることにします。

【著者プロフィール】

鈴木　和明（すずき　かずあき）

1941年、千葉県市川市に生まれる。

南行徳小学校、南行徳中学校を経て東京都立上野高等学校通信制を卒業。

1983年、司法書士試験、行政書士試験に合格、翌1984年、司法書士事務所を開設。1999年、執筆活動を始める。

南行徳中学校PTA会長を2期務める。新井自治会長を務める。

「週刊つりニュース」ペンクラブ会員。出版コーディネーター。市川博物館友の会会員。新井熊野神社氏子総代。

趣味：読書、釣り、将棋（初段）

著書に『おばばと一郎』『おばばと一郎3』『おばばと一郎4』『僕らはハゼっ子』『行徳郷土史事典』『行徳歴史街道』『明解行徳の歴史大事典』『江戸前のハゼ釣り上達法』『行徳歴史街道2』（以上文芸社刊）、『20人の新鋭作家によるはじめての出版物語』（共著、文芸社刊）などがある。

http://www.s-kazuaki.com

おばばと一郎　2

2000年10月1日　初版第1刷発行
2007年9月10日　初版第2刷発行

著　者　鈴木和明
発行者　瓜谷綱延
発行所　株式会社文芸社
〒160-0022　東京都新宿区新宿1-10-1
電話　03-5369-3060（編集）
03-5369-2299（販売）
印刷所　株式会社フクイン

ISBN4-8355-0663-4